JN001891

詩集

夢にも思わなかった

佐野　豊

七月堂

2021–2023

もくじ

装画＝秋山　花

夢にも思わなかった

暖のとりかた

きみにしては
こっちにくるのがはやいんだね
愛称のようなもので呼びあって
たたみのへやで暖をとる
横になって
かおとかおを合わせ
しまいにはくっつきあって
ひとつのふとんにもぐる

この暖のとりかたで
原始のひとになっている
冷えた末端には
これがいちばん効く
とびらのおとと
みずのおとだけがこちらへ筒抜ける
それでいるってわかるんだね
おとなりはずいぶん
めずらしいじかんに出ていくんだなあ
でもね
知られないこともある
ふたりのにんげんが
さかなのように横たえていて
焼かれずに温もっている

朝　アパートを出たら

いってきます　をして
扉をあけると
え
うそ
空がきれい
そんな
声があがる

にしがわ　と
ひがしがわ　に
べつべつの
いろいろ

ここから
すこし遠くの喫茶店で
いちにち
きみが働いてくるために

にらめっこ
しましょう
笑うと負けよ
してたのか

どんな　あわいを
みたんだろ

むこうの
空と
あちらの空に
挟まれて　ふたり

いってらっしゃい
いってきます

こえのほし

いまになって
そっと
やってくるものがある
しずかになってはじめて
きこえてくるげんじつがある
ふいに胸のあたりに

もりあがってくる　じっかん
もう会うことの出来ない
たいせつなひとたちが
かわりがわりに
浮かんでくる

夜
ひとり部屋で
あおむけになって寝ていると
声の
プラネタリウムがはじまる
あれはどんな星座だろう

はじめて親友と呼べたきみや
おとうさん
かもしれない

いまになって
じわじわと　ぼくのからだじゅうに
かけめぐるほし

薄明かりに似た
まなざしのような
こえのほし

だらんと妻が

だらんと妻が
もたれかかる

ぼくは
まるごとだっこした
ひざのうえで笑うから
くすぐったい

だらんと妻が
重みをくれる
いちばんやさしい
重力がかかって

そのうちに
でれんと妻は
寝てしまう

こらこらと言うのだけれど
太ももに寝息
あららとぼくは
思うのだけど

この無理な体勢も
いきるに必要な　かたちに思えて

だらんと妻は
からだいっぱい
寝がえり打って
泣いていた

このところ
頑張りすぎていたから
だらんとした妻を
全力で抱え込むようにして
こぼれるのは
涙だけにしてやって

だらんと妻が
すべてをぼくにくれる
腕の中から
あったかいことばもくれる

蓋

ふたをあけてみたら
漬け物がある
それがぼくらの一先ずの
みらいのように思え

ぬかだけ
買っていいのかな
妻の確かな声が

底のほうから聞こえる
さんざん嘘八百を言ってきたぼくが
現実に即して
漬け込む

ずっとあったんだね
蓋が
あたまのうえに
机のうえに

手を
突っ込んで
かきまわしたら

馬鹿だねえって
友のこえもした

性

あったことを
あったままに
思ったことを
思ったままに
見聞きしたことを
そっと
写しているような
どんなに

心を尽くしても
なんのとくべつも見いだせない
げんきがいいなと
微笑んでくださるせんせいも
いないけど

さいのうは
どこにもない
でも
つよいしこりのようなものが
わらっている
見聞きしたことを
そっと
写しているうちに

むくむくと
こっけいな
しかき

いっこのリンゴ

風呂と夕飯をもらって
本を読んでいると
妻がちょっかいを出してくる

どうしたのって
言うと
はなしを聞いてもらいたそう

今日スーパーで
いっこ百五十円のリンゴが売っていたそうだ
それで
買おうかどうしようか
ずっと悩んでいたんだって

ぼくは
妻が
きっといま
いっこのリンゴで
ずっと悩んでしまったことを
ぼくにはなしておきたかったんだ
と思った

詩のトポスは
いったん閉じて
両腕で
雛のようなひとを包む

とくに
好きでもないんだけど
風邪ひかないように
栄養のためにね
いっこのリンゴが欲しかったんだけど
買えなかったんだ

てなぐさみの詩

過去は　赤面の至り
じぶんを　いじめ
畳に　みずまで　撒いた

なんの　はなも咲かず
出来たのは　窪みだけ

あのときは　あのとき　だった

いまは　そうとしか　言えず
妻と　手をつなぎ
しずかに　ねむっている

ずっと　欲しがっていた
暴れださない心を
もう　手に　している

みらいも　赤面の至り　だけど　平気
なにしてんだ
どれどれ　と
こちらから　覗き込んで　やれる

つくしんぼう

棒立ちが
あちらこちらに
生い茂る

蛇苺を食った
ねずみ花火をした
どこもぐってきたのか
いつも言えなかった

あれから何十年と経ち
突っ立っていることに
疑問がなくなって

本物の
中年として
つくしんぼう
してられる

懐かしいなあ
あれよあれよと
火がまわるように
大勢のつくしのなか

生えている

ここにまた
戻ってくるなんて
ゆめみたいだ

暗くなる
まえには
ちゃんと帰るから

ふたしか

いつも
なにがふあんかわかったら
奥底に手を突っ込んで
大丈夫か確かめるのに

いつも
なにがたいせつか忘れなければ
浅瀬からちゃぷちゃぷと

笹舟のように始めるのに

いつも
今日しかないと思えれば
きみの手を握るだけで
朝また
元気に出勤出来るのに

ぼくがもっと
幼かったころは
じゆうにじぶんをつかって
どんなひかりにも向かっていかれた

いま

いちばん真剣に思うことは
なんだろう
情熱がないわけじゃない
だけどいまのぼくは
とっても弱気で
明日いちにち無事にやってこれるか
そればかり考えている

いつも
ぼくには
明日の朝のひかりしかない

徒歩と電車で職場へ向かって
事務室までの階段を駆け上がる

なんとかやってこれたら
きみの作った晩御飯と
ふたりでビール

でも
それで
いいんじゃないか
そんな風におもえる夜もある

いつも
ぼくは周回遅れの背中でいる
きみに
今日も行ってくるだけでいいよと
背中をおされて

日常シャッフル

一

街で
おじさんが
袋いっぱいの飴玉をこぼした
カラフルに
散らばって

とても鮮やかだった

あんなふうに
きれいにこぼせるものが
もっと
ぼくたちにあればいいのにな

あらあらと言って
一つ一つ
また拾い集めることが出来る瞬間が
もっとあれば

二

おべんとが
こんなに嬉しいなんて
知らなかった

からっぽにして
帰る良さ

なにが変わってきたんだろ
ないめんが
こないだうちから
みるみるへんかしている

ふたを開ければ
崩れない中身

押し込めるもののなかにも
こんなに
しあわせなものがあるなんて
知らなかった

三

電車の電気ってさあ
一日いくらかかるんだろうね
乗り合わせた
若者の会話

そうか
明るさにも
お金がかかるのかと
妙に納得

会話の調子からは
いかにものんきな
可笑しみが
感じられ

タダでぼくは
少し明るくなってしまった

四

畳の部屋に
布団を敷いて
大の字に寝そべる

もう　なんにもやり遂げられない気がして

からだはぴりぴりと
あたまは石のよう
いまだけは季節をみつめる石像として
横たわっていたいと念じた
寝そべってみなければ
再び思い返すこともなかった

ひとびとが
もう一度だけ　ぼくに出会いなおす
なみだとは別の感慨のなかへ
ぼくは　どっぷりと入っていった

五

きょうは
ふとんを干すぞ
と
はりきって
はたらく
午前中の妻を

なにに
喩えようか

ぱりぱりと
おとも鳴りそうな
秋晴れのいちにち

この子は
なまけものなんかじゃないぞ
と
はりきって
そう思うのだ

妻を
なにに
喩えよう

なぜだか
にんげんのままに
しておくのが
おしい

六

きょうはどうされますか
長さ二センチくらいで
あまり

すきすぎないように

特段こだわりもなく
かといって
印象が変わりすぎるのは嫌だから
無難な感じで
仕上げてもらう

ほんのすこしだけ
スッキリしたあたま

ちょっとの
変化ってやつが大事
床屋で

いつも思い知る

七

晴れた日
近くの公園に行く

数冊の詩集を鞄にしのばせて
ベンチに腰掛け
しばらく景色を楽しむ

ゆったりした時が
ここに溶け込んだら
詩のことば

のなかへ

活字に陽のひかりがあたり
とてもいい

賑やかだな
ひとのこえも心地よい
本のなかにも
ひとのこえ

生きていることの
うらがわの
こえ

二俣川

友書房は
ちょっと見つけにくい
遠目には
店の全貌がわからない

あそこに
焼き鳥屋があるのは
なんとなく知っていたが

その隣に
古本屋があるとは
なかなか思わない

月にいちど
用事のついでに
寄るようになってから
ぼくにとって
あそこいらが
二俣川

十円玉を使って
鶏ももを買い食い
雑多な古本の山から一冊

百円玉でおつりがくる

店主は
なかなか陽気で
いかにも　わけありって感じで

ある日
西洋ですか？　と
話しかけてきたので
いえ
三好達治でもなんでもとかえすと
あわれ　はなびら　ながれ　と
始まった
そらでぜんぶ暗唱してから

どうだと言わんばかりに
にっこりした

友はこんなところにも
いるのか

すべり込んでみれば
まだまだ顔が
ある

いつもなぜだか
ゆうぐれの
二俣川

折鶴

おじさんが
鶴を折ってる話をする

一円玉で比較してみせた
ちいさな作品を見せながら
うれしそうに語る

なんでも根気だよ

そう教えてくれた

六十四種の
鶴のはねを並べて
すべては
ざぶとん折りが基本だという

極意の裏側には
半分に重ねた紙と紙があった

それをどちらに折り返すかで
こんなにも鶴が折れた

おじさんみたいに

身を乗り出して
楽しそうに語り得る
なにかが欲しい

そんなことがあった日の晩
ぼくを綺麗に半分に
皺一つつけないで
慎重に折った

折り返し方によっては
口よりも
耳が
おもてにきている

違う種類のぼくのなかには
かしげた首の角度が
美しいやつもいる

古本日記

古本屋の
陽があたる均一棚には
本が風通しよくささっている

どの本も
きもちよさそうに見える

古本散歩のよいとこは

ひとりの詩人ができあがってゆく

松下育男

ぼくは佐野さんを通して、一人の素敵な詩人ができあがってゆくその過程と様子を、初めのところから見ることができました。そんなことは普通、めったにないことなのです。

佐野さんに出会ったのは二〇一七年五月、ぼくが横浜で「詩の教室」を始めた初回でした。その頃佐野さんは詩を書き始めたばかりのようでした。ですから毎月書いてくる詩は、書くたびにその様子をがらりと変えていました。それはおそらく、多くの詩を日々読み、吸収し、学んでおり、その時々に胸を打たれた詩人の作風に素直に傾いていたからなのだろうと思います。つまりその頃は、佐野さんという詩人ができあがる進化の途上だったのです。その様子をぼくは、半ば楽しみながら眺めていました。「ああ今度はこんなのを書いてきたのか、だれの影響だろう」そんな感じでした。とてもほほ笑ましかったことを記憶しています。佐野さんは生真面目で、謙虚で、勉強熱心で、詩を深く愛していました。だからこその、創作の方向性への悩みだったのでしょうし、その迷いを隠すこともしない素直さは、おそらくそのうちに重要なものをきっと掴むだろうことを予感させてくれました。

そして予感は当たりました。佐野さんは、たゆまぬ努力の後に、「佐野豊の詩」というかけがえのないものを掴むことができました。ひとりの見事な詩人のできあがりです。いつごろから佐野さんは佐野さんの詩を書くことができるようになったのだろう。

もちろん徐々にできあがっていったのだろうとは思うのですが、大きなきっかけは、やはり大切な人との結婚だったのではないかと感じます。詩は好きだけれども何を書いたらいいのだろうと、目がさ迷っていた時期から、ひとりの女性を愛し、結婚をしてともに暮らすようになってから、書くべきものが定まった、書くべきことはすぐ目の前にあると気づいた、そんな感じがします。

今回の詩集はどの詩も言葉がすみずみまでいきいきとしていて、だれが読んでも胸の打たれる詩ばかりですが、とりわけ愛する人を描いた「暖のとりかた」「朝　アパートを出たら」「だらんと妻が」「いっこのリンゴ」などの詩は、深い優しさに満ちた傑作であると感じました。

さいのうは
どこにもない
でも
つよいしこりのようなものが
わらっている

（「性」）

この詩集はいちどきに読み通す必要はありません。一つの詩を読んでは、しばらくその詩にもたれかかっていてください。立ち止まってください。

これらの詩を作りあげたのは佐野さんと、佐野さんを包むあらゆるものです。才能は、佐野さんの内側にだけでなく、外側にもおとなしくいて、ともに詩を書いてゆくのだろうと思うのです。

佐野　豊『夢にも思わなかった』（七月堂）栞

こうやって声にださない
一人しゃべりが出来ることだ

ぼけっとしたあたまで
あたたかい棚のまえ
本を眺めながら
いい時間

まだ馴染まないリルケ
そろそろ読みたい尾崎一雄
さがしてる詩集はきょうもないけど
詩学のバックナンバーがあるぞ

うらおもて人生録

大和路・信濃路
孤独な散歩者の夢想…
日記・花粉
おもいおもいの一冊にしっかり
陽があたる

そういう日もあるんだな
ほんと
なんだかあざやかに
棚のまえに立てる午後が

お財布に
お札はなし

青木雨彦の文庫コラム一冊求め
詩集欠席
きょうも巡りあえず

知らない町

ひとがこんなにいるのか
改札を出てきて
町が最初に見せる広がりのなかにくる
ただ腰かけて座っているひと
きょろきょろとなにかを探すひと
しっかりとささえ合う老夫婦
テリアと散歩する強面のおじさん
ギターを背負った高校生

しらない町をきょうは歩く
ひとがこのままでは
どんどん出てきてしまうのではないか
ちいさな町だったから驚いた
どんなにユニークにみえるひとにも
そのひとの深い人生があることは
普段それほど意識されない
見知った町でなく
はじめて降り立ったこの町で
あたまのなかが冴えてくる
ひとりおばあさんが
赤い荷物のカートを
がらがらさせて歩いている
どこか勇ましく戦士のようだ

あんなに強く歩いたことがあっただろうか
いつの間にか
ひとはみな入れ替わり
町に溢れるひとはまた別のひとになる
そろそろじぶんも
行こうか
あのさきに古本屋がありそうだ
そんなぼくは
ひとのかおをみているひと

ことばの使い方

滝のように
ぼくをうつ

しずかに
すわっていると
せいかつの計算も
聞こえ

食費は
よく
しぼれていると思います

ひとが
なんども
もう飽きたといってきた
ことばの水圧

ことばの使い方に
今夜も
酔っぱらう

まさか

そんなところを
引っこ抜かれるなんて
思わなかったな

妻の分析
とても冴え…

カタカタ音
小気味いい

ただなか

いつのまにか
洗濯物の干し方も覚え
自分で珈琲を淹れている

天気のいい休日に
はりきって台所に立ち
レモンケーキをつくる
その傍らで僕は

詩を一つ

つい何日か前
腕の中に
泣いているきみを包んだ夜があった

べつに
もう大丈夫になって
けろっとしてるわけじゃない
そのことを知っている

あわだつ
ただなかに
ふたりまみれて

まだ午前中

昼はチャーハンだったね
かまぼこ
マスターからもらったやつ
まだすこしあるよね

一日三度
飯を食い
歯を磨く

そうだよね　と
思うんだよ
一日にたった三度でいい

きみといるただなかのこと
ちゃんと思っていたい

毛布のような
マントだということが
わかってくるから

ほら
こうばしい
ただなかの香りが
こちらへ伝ってきた

I never dreamed

歌でない部分で
涙は出てくる

間奏のギターのところ
その数秒間に
いろいろあったがキュっと
押し込められている

しまっておいた
覚えなどないのに
思い出す

ましてバラードでも
泣きのギターでもない
職人がいつもの仕事を
黙々とこなしていくような音

それは泥臭い
アメリカ南部のスワンプロック
父が所有したレコードの
とあるアルバムの一曲

涙の訳は
父に　ということでなく
ぼくもまた
この淡々と
脈々と続いている
ブルーズを
引き受けてしまっていることに
泣いたのだ

――夢にも思わなかった――
これが
その曲のタイトルである

助言

思いがけない
通路で
なみだがでるように
かたわらから
ことば

みんなこっちを向いていた
豆苗が

ちいさな窓から漏れる
僅かなひかりにむかって

まるで
みみをかたむけて
いるみたい

妻が可愛いと言った
かたむきは
ぼくを助けている

頼りない筏で
漕ぎ出す

ほそい
なみだの運河

みみを
かたむけていたら
まるごと
になっていた

オールを
漕ぎながら夢中
ふたりの掛け声を
響かせて

このことばにたいする

きもちを
ずっと握りしめていられるのなら

このことばにたいする
きもちを
ずっと握りしめて…

CALL ME

いちばん身近で
もっとも彼方はどこにある

夜の空から
あたまの片隅から
こばんだ電話から
折り返しはやってくる

みずとなって
ながれ
心臓をながれ
てのひらにつたって
それをみつめて

やっとこさ
こえがみつかる
その明るみで
口ずさむ

夜道
イヤホンをして
歩いているとき

星になる

愚か者の心を
もどかしい
歯痒いを
ながれきり

一本の電話にいま
手が届く

アーリー

目覚めの一杯といこう
きょうはコロンビア
二杯分の豆をミルで挽く

ぐるぐるぐるぐるぐる
考えも思いも
ハンドルを握る　ぼくに
香り高く

ぐるぐるぐるぐる
ほそいお湯を落とす
きみが注いでくれるものの　そのひとつ

ぐるぐるぐるぐる
くるくるくるくる
くくるくっく

ふたり
鳥になって
飛んでいきそう
そこらじゅうに朝の鳴き声させて

ひとつのテーブルに
ふたつのマグカップがちょこんと

日めくり

いちまい
また
いちまいと
減っていく人生だけど

足元には
ほうきで掃く
落ち葉の

愉しみがあるし

目の前には
今日という
こころを尽くせる日がある

恋人に
婚約指輪を渡した

ずっと一緒にいて下さい
と　書かれた
メッセージカード
も添えて

かつてのぼくが
持ち合わすことの
出来なかったことば

嬉しそうに
降り積もっていった

こころぼそいも
ちょっとこわいも

日めくりとともに
きっと　かさなっていく

いちまいはらり

また　いちまい　ほろりと

大切が
たまって

いつかのぼくが
持ち合わすことになる
いくつものことばに
きみが　いますように

初出一覧

こえのほし　『季刊　びーぐる　詩の海へ』第54号
（「連載詩　元気がありあまる③」、澪標、二〇二二年一月二〇日）

二俣川　『極微』Vol.8（二〇二三年二月二〇日）

折鶴　『極微』Vol.6（二〇二一年四月一二日）

I never dreamed　『極微』Vol.7（二〇二二年三月二〇日）

アーリー　「あるきだす言葉たち」朝日新聞夕刊（二〇二二年七月六日）

日めくり　『季刊　びーぐる　詩の海へ』第51号（澪標、二〇二一年四月二〇日）

夢にも思わなかった
二〇二三年五月二六日　発行

著者　佐野　豊
発行者　知念明子
発行所　七月堂
〒一五四－〇〇二一　東京都世田谷区豪徳寺一－二－七
電話　〇三－六八〇四－四七八八
FAX　〇三－六八〇四－四七八七
印刷・製本　渋谷文泉閣

©Yutaka Sano 2023, Printed in Japan
ISBN 978-4-87944-529-2 C0092 ¥1500E
乱丁本・落丁本はお取り替えいたします。